님의 沈默

군 말

「님」만님이아니라 긔룬것은 다님이다 衆生이 釋迦의님이라면 哲學은 칸트의님이다 薔薇花의님이 봄비라면 마시니의님은 伊太利다 님은 내가사랑할뿐아니라 나를사랑하나니라

戀愛가自由라면 님도自由일것이다 그러나 너희는 이름조은 自由에 알뜰한拘束을 받지안너냐 너에게도 님이잇너냐 잇다면 님이아니라 너의그림자니라

나는 해저문벌판에서 도러가는길을일코 헤매는 어린羊이 긔루어서 이詩를쓴다

著 者

차 례

차 례

차례

차례

차 례

차례

차례

님의沈默

님은갓슴니다 아々 사랑하는나의님은 갓슴니다

푸른산빗을깨치고 단풍나무숩을향하야난 적은길을 거러서 참어떨치고 갓슴니다

黃金의쏫가티 굿고빗나든 옛盟誓는 차듸찬띄쓸이되야서 한숨의微風에 나러갓슴니다

날카로은 첫「키쓰」의追憶은 나의運命의指針을 돌너노코 뒤ㅅ거름처서 사러젓슴니다

나는 향긔로은 님의말소리에 귀먹고 쏫다은 님의얼골에 눈머럿슴니다

사랑도 사람의일이라 맛날때에 미리 써날것을 념녀하고경계하지

아니한것은아니지만 리별은 뜻밧긔일이되고 놀난가슴은 새로은슯음에
터짐니다

그러나 리별을 쓸데업는 눈물의源泉을만들고 마는것은 스々로 사
랑을깨치는것인줄 아는까닭에 것잡을수업는 슯음의힘을 옴겨서 새希
望의 정수박이에 드러부엇슴니다

우리는 맛날때에 떠날것을염녀하는것과가티 떠날때에 다시맛날것을
밋슴니다

아々 님은갓지마는 나는 님을보내지 아니하얏슴니다

제곡조를못이기는 사랑의노래는 님의沈默을 휩싸고돔니다

리별은美의創造

리별은 美의創造임니다

리별의美는 아츰의 바탕(質)업는 黃金과 밤의 올(糸)업는 검은비단과 죽엄업는 永遠의生命과 시들지안는 하늘의푸른꼿에도 업슴니다

님이어 리별이아니면 나는 눈물에서죽엇다가 우슴에서 다시사러날수가 업슴니다 오々 리별이어

美는 리별의創造임니다

알ㅅ수업서요

바람도업는공중에 垂直의波紋을내이며 고요히떠러지는 오동닙은 누구의발자최임닛가

지리한장마끗헤 서풍에몰녀가는 무서은검은구름의 터진틈으로 언뜻々々보이는 푸른하늘은 누구의얼골임닛가

꼿도업는 깁흔나무에 푸른이끼를거처서 옛塔위의 고요한하늘을 슬치는 알ㅅ수업는향긔는 누구의입김임닛가

근원은 알지도못할곳에서나서 돍뿌리를울니고 가늘게흐르는 적은시내는 구븨々々 누구의노래임닛가

련꼿가튼발꿈치로 갓이업는바다를밟고 옥가튼손으로 끗업는하늘을만지면서 떠러지는날을 곱게단장하는 저녁놀은 누구의詩임닛가

타고남은재가 다시기름이됩니다 그칠줄을모르고타는 나의가슴은 누
구의밤을지키는 약한등ㅅ불임닛가

나는잇고저

남들은 님을생각한다지만
나는 님을잇고저하야요
잇고저할수록 생각히기로
행혀잇칠가하고 생각하야보앗슴니다

이즈랴면 생각히고
생각하면 잇치지아니하니
잇도말고 생각도마러볼까요
잇든지 생각든지 내버려두어볼까요
그러나 그리도아니되고

쉬임업는 생각々々에 님뿐인데 엇지하야요

귀태여 이즈랴면

이즐수가 업는것은 아니지만

잠과죽엄뿐이기로

님두고는 못하야요

아々 잇치지안는 생각보다

잇고저하는 그것이 더욱괴롭슴니다

가지마서요

그것은 어머니의가슴에 머리를숙이고 자긔〻〻한사랑을 바드랴고 쌔죽거리는입설로 表情하는 어엽븐아기를 싸안으랴는 사랑의날개가 아니라 敵의旗발입니다

그것은 慈悲의白毫光明이아니라 번득거리는 惡魔의눈(眼)빗입니다

그것은 冕旒冠과 黃金의누리와 죽엄과를 본체도아니하고 몸과마음을 돌〻뭉처서 사랑의바다에 퐁당너랴는 사랑의女神이아니라 칼의우슴입니다

아〻 님이어 慰安에목마른 나의님이어 거름을돌니서요 거긔를가지마서요 나는시러요

님의 沈默

大地의音樂은 無窮花그늘에 잠드럿슴니다
光明의꿈은 검은바다에서 잠약질합니다
무서은沈默은 萬像의속살거림에 서슬이푸른敎訓을 나리고 잇슴니다
아々 님이어 새生命의쏫에 醉하랴는 나의님이어 거름을돌니서요
거긔를가지마서요 나는시려요

거룩한天使의洗禮를밧은 純潔한靑春을 쪽따서 그속에 自己의生命을
너서 그것을사랑의祭壇에 祭物로드리는 어엽븐處女가 어데잇서요
달금하고맑은향긔를 꿀벌에게주고 다른꿀벌에게주지안는 이상한百合
쏫이 어데잇서요
自身의全體를 죽엄의靑山에 장사지내고 흐르는빗(光)으로 밤을 두
쪼각에베히는 반듸ㅅ불이 어데잇서요

아々 님이어 情에殉死하랴는 나의님이어 거름을돌니서요 거긔를가
지마서요 나는시려요

그나라에는 虛空이업습니다
그나라에는 그림자업는사람들이 戰爭을하고잇슴니다
그나라에는 宇宙萬像의 모든生命의쇠ㅅ대를가지고 尺度를超越한 森
嚴한軌律로 進行하는 偉大한時間이 停止되얏슴니다

아々 님이어 죽엄을 芳香이라고하는 나의님이어 거름을돌니서요
거긔를가지마서요 나는시려요

고적한밤

하늘에는 달이업고 짜에는 바람이업슴니다
사람들은 소리가업고 나는 마음이업슴니다

宇宙는 죽엄인가요
人生은 잠인가요

한가닭은 눈ㅅ섭에걸치고 한가닭은 적은별에걸첫든 님생각의金실은
살々々것침니다
한손에는 黃金의칼을들고 한손으로 天國의꼿을꺽든 幻想의女王도
그림자를 감추엇슴니다

아々 님생각의金실과 幻想의女王이 두손을마조잡고 눈물의속에서
情死한줄이야 누가아러요

宇宙는 죽엄인가요
人生은 눈물인가요
人生이 눈물이면
죽엄은 사랑인가요

나의길

이세상에는 길도 만키도함니다

산에는 돌길이잇슴니다 바다에는 배ㅅ길이잇슴니다 공중에는 달과
별의길이잇슴니다

강ㅅ가에서 낙시질하는사람은 모래위에 발자최를내임이다 들에서 나
물캐는女子는 芳草를밟슴니다

악한사람은 죄의길을조처감니다

義잇는사람은 올은일을위하야는 칼날을밟슴니다

서산에지는 해는 붉은놀을밟슴니다

봄아츰의 맑은이슬은 꼿머리에서 미끄름탐니다

그러나 나의길은 이세상에 둘밧게업슴니다

하나는 님의품에안기는 길임니다

그러치아니하면 죽엄의품에안기는 길임니다

그것은 만일 님의품에안기지못하면 다른길은 죽엄의길보다 험하고 괴로은까닭임니다

아々 나의길은 누가내엿슴닛가

아々 이세상에는 님이아니고는 나의길을 내일수가 업슴니다

그런데 나의길을 님이내엿스면 죽엄의길은 웨내셧슬가요

꿈깨고서

님이며는 나를사랑하련마는 밤마다 문밧게와서 발자최소리만내이고
한번도 드러오지아니하고 도로가니 그것이 사랑인가요
그러나 나는 발자최나마 님의문밧게 가본적이업습니다
아마 사랑은 님에게만 잇나버요

아々 발자최소리나 아니더면 꿈이나 아니깨엿스련마는
꿈은 님을차저가랴고 구름을탓섯서요

藝術家

나는 서투른 畵家여요

잠아니오는 잠ㅅ자리에 누어서 손ㅅ가락을 가슴에대히고 당신의 코와 입과 두볼에 새암파지는것까지 그렷슴니다

그러나 언제든지 적은우슴이 떠도는 당신의 눈ㅅ자위는 그리다가 백번이나 지엇슴니다

나는 파겁못한 聲樂家여요

이웃사람도 도러가고 버러지소리도 끈첫는데 당신의가르처주시든 노래를 부르랴다가 조는고양이가 부끄러워서 부르지못하얏슴니다

그래서 간은바람이 문풍지를슬칠때에 가만히合唱하얏슴니다

나는 叙情詩人이되기에는 너머노 素質이업나버요
「질거음」이니「슯음」이니「사랑」이니 그런것은 쓰기시려요
당신의 얼골과 소리와 거름거리와를 그대로쓰고십흡니다
그리고 당신의 집과 寢臺와 꼿밧헤잇는 적은돌도 쓰것슴니다

리 별

아々 사람은 약한것이다 여린것이다 간사한것이다
이세상에는 진정한 사랑의리별은 잇슬수가 업는것이다
죽엄으로 사랑을바꾸는 님과님에게야 무슨리별이 잇스랴
리별의눈물은 물거품의쏫이오 鍍金한金방울이다

칼로베힌 리별의「키쓰」가 어데잇너냐
生命의쏫으로비진 리별의杜鵑酒가 어데잇너냐
피의紅寶石으로만든 리별의紀念반지가 어데잇너냐
리별의눈물은 咀呪의摩尼珠요 거짓의水晶이다

사랑의리별은 리별의反面에 반듯이 리별하는사랑보다 더큰사랑이 잇는것이다

혹은 直接의사랑은 아닐지라도 間接의사랑이라도 잇는것이다

다시말하면 리별하는愛人보다 自己를더사랑하는것이다

만일 愛人을 自己의生命보다 더사랑하면 無窮을回轉하는 時間의수리박휘에 이쎄가씨도록 사랑의리별은 업는것이다

아니다々々々「참」보다도참인 님의사랑엔 죽엄보다도 리별이 훨씬偉大하다

죽엄이 한방울의찬이슬이라면 리별은 일천줄기의쏫비다

죽엄이 밝은별이라면 리별은 거룩한太陽이다

生命보다사랑하는 愛人을 사랑하기위하야는 죽을수가업는것이다
진정한사랑을위하야는 괴롭게사는것이 죽엄보다도 더큰犧牲이다
리별은 사랑을위하야 죽지못하는 가장큰 苦痛이오 報恩이다
愛人은 리별보다 愛人의죽엄을 더슯어하는까닭이다
사랑은 붉은초ㅅ불이나 푸른술에만 잇는것이아니라 먼마음을 서로 비치는 無形에도 잇는까닭이다
그럼으로 사랑하는愛人을 죽엄에서 잇지못하고 리별에서 생각하는 것이다
그럼으로 사랑하는愛人을 죽엄에서 웃지못하고 리별에서 우는것이 다
그럼으로 愛人을위하야는 리별의怨恨을 죽엄의愉快로 갑지못하고 슯음의苦痛으로 참는것이다

그럼으로 사랑은 참어죽지못하고 참어리별하는 사랑보다 더큰사랑은 업는것이다

그러고 진정한사랑은 곳이업다
진정한사랑은 愛人의抱擁만 사랑할뿐아니라 愛人의리별도 사랑하는것이다

그러고 진정한사랑은 때가업다
진정한사랑은 間斷이업서々 리별은 愛人의肉뿐이오 사랑은 無窮이다

아々 진정한愛人을 사랑함에는 죽엄은 칼을주는것이오 리별은 꼿

을주는것이다

아々 리별의눈물은 眞이오 善이오 美다

아々 리별의눈물은 釋迦요 모세요 짠다크다

길이막혀

당신의얼골은 달도아니언만
산넘고 물넘어 나의마음을 비침니다

나의손ㅅ길은 웨그리썰너서
눈압헤보이는 당신의가슴을 못만지나요

당신이오기로 못올것이 무엇이며
내가가기로 못갈것이 업지마는
산에는 사다리가업고
물에는 배가업서요

뉘라서 사다리를세고 배를깨트렷슴닛가
나는 보석으로 사다리노코 진주로 배모아요
오시랴도 길이막혀서 못오시는 당신이 긔루어요

自由貞操

내가 당신을기다리고잇는것은 기다리고자하는것이아니라 기다려지는 것임니다

말하자면 당신을기다리는것은 貞操보다도 사랑임니다

남들은 나더러 時代에뒤진 낡은女性이라고 삐죽거림니다 區々한貞操를지킨다고

그러나 나는 時代性을 理解하지못하는것도 아님니다

人生과貞操의 深刻한批判을 하야보기도 한두번이 아님니다

自由戀愛의神聖(?)을 덥허노코 否定하는것도 아님니다

大自然을따러서 超然生活을할생각도 하야보앗슴니다

그러나 究竟、萬事가 다 저의조아하는대로 말한것이오 행한것임니다

나는 님을기다리면서 괴로옴을먹고 살이점니다 어려옴을입고 키가큼니다

나의貞操는 「自由貞操」임니다

하나가되야주서요

님이어 나의마음을 가저가랴거든 마음을가진나한지 가저가서요 그리하야 나로하야금 님에게서 하나가되게 하서요

그러치아니하거든 나에게 고통만을주지마시고 님의마음을 다주서요

그리고 마음을가진님한지 나에게주서요 그레서 님으로하야금 나에게서 하나가되게 하서요

그러치아니하거든 나의마음을 돌녀보내주서요 그러고 나에게 고통을주서요

그러면 나는 나의마음을가지고 님의주시는고통을 사랑하것습니다

나루ㅅ배와行人

나는 나루ㅅ배
당신은 行人

당신은 흙발로 나를 짓밟읍니다
나는 당신을안ㅅ고 물을건너감니다
나는 당신을안으면 깁흐나 엿흐나 급한여울이나 건너감니다

만일 당신이 아니오시면 나는 바람을쐬고 눈비를마지며 밤에서낫
가지 당신을기다리고 잇슴니다
당신은 물만건느면 나를 도러보지도안코 가심니다 그려

그러나 당신이 언제든지 오실줄만은 아러요
나는 당신을기다리면서 날마다々々々 낡어감니다

나는 나루ㅅ배
당신은 行人

차라리

님이어 오서요 오시지아니하랴면 차라리가서요 가랴다오고 오랴다
가는것은 나에게 목숨을빼앗고 죽엄도주지안는것입이다

님이어 나를책망하랴거든 차라리 큰소리로말슴하야주서요 沈默으로
책망하지말고 沈默으로책망하는것은 압혼마음을 어름바늘로 찌르는것
입니다

님이어 나를아니보랴거든 차라리 눈을돌녀서 감으서요 흐르는겻눈
으로 훔겨보지마서요 겻눈으로 훔겨보는것은 사랑의보(褓)에 가시의
선물을싸서 주는것입니다

나의 노래

나의노래가락의 고저장단은 대중이업슴니다

그래서 세속의노래곡조와는 조금도 맛지안슴니다

그러나 나는 나의노래가 세속곡조에 맛지안는것을 조금도 애닯어하지안슴니다

나의노래는 세속의노래와 다르지아니하면 아니되는 까닭임니다

곡조는 노래의缺陷을 억지로調節하랴는것임니다

곡조는 不自然한노래를 사람의妄想으로 도막처놋는것임니다

참된노래에 곡조를부치는것은 노래의自然에 恥辱임니다

님의얼골에 단장을하는것이 도로혀 흠이되는것과가티 나의노래에 곡조를부치면 도로혀 缺點이됨니다

나의노래는 사랑의神을 울님니다

나의노래는 處女의靑春을 쉽싸서 보기도어려은 맑은물을 만듭니다

나의노래는 님의귀에드러가서는 天國의音樂이되고 님의꿈에드러가서는 눈물이됨니다

나의노래가 산과들을지나서 멀니게신님에게 들니는줄을 나는암니다

나의노래가락이 바르々셜다가 소리를 이르지못할때에 나의노래가 님의 눈물겨운 고요한幻想으로 드러가서 사러지는것을 나는 분명히암니다

나는 나의노래가 님에게들니는것을 생각할때에 光榮에넘치는 나의적은 가슴은 발々々썰면서 沈默의音譜를 그림니다

당신이아니더면

당신이아니더면 포시럽고 맥그럽든 얼골이 웨 주름살이접혀요
당신이괴롭지만 안터면 언제까지라도 나는 늙지아니할테여요
맨츰에 당신에게안기든 그때대로 잇슬테여요

그러나 늙고 병들고 죽기까지라도 당신때문이라면 나는 실치안하여요

나에게 생명을주던지 죽엄을주던지 당신의뜻대로만 하서요
나는 곳당신이여요

잠업는꿈

나는 어느날밤에 잠업는꿈을 꾸엇슴니다

「나의님은 어데잇서요 나는 님을보러가것슴니다 님에게가는길을 가저다가 나에게주서요 검이여」

「너의가랴는길은 너의님의 오랴는길이다 그길을가저다 너에게주면 너의님은 올수가업다」

「내가가기만하면 님은아니와도 관계가업슴니다」

「너의님의 오랴는길을 너에게 갓다주면 너의님은 다른길로 오게된다 네가간대도 너의님을 만날수가업다」

「그러면 그길을가저다가 나의님에게주서요」

「너의님에게주는것이 너에게주는것과 갓다 사람마다 저의길이 각々

잇는것이다」

「그러면 엇지하여야 리별한님을 맛나보겟습닛가」

「네가 너를가저다가 너의가랴는길에 주어라 그리하고 쉬지말고 가거라」

「그리할마음은 잇지마는 그길에는 고개도만코 물도만습니다 갈수가업습니다」

검은 「그러면 너의님을 너의가슴에 안겨주마」하고 나의님을 나에게 안겨주엇습니다

나는 나의님을 힘껏 껴안엇습니다

나의팔이 나의가슴을 압흐도록 다칠때에 나의두팔에 베혀진 虛空은 나의팔을 뒤에두고 이어젓습니다

生命

닻과치를일코 거친바다에漂流된 적은生命의배는 아즉發見도아니된 黃金의나라를 꿈꾸는 한줄기希望이 羅盤針이되고 航路가되고 順風이되야서 물ㅅ결의한끗은 하늘을치고 다른물ㅅ결의한끗은 땅을치는 무서은바다에 배질합니다

님이어 님에게밧치는 이적은生命을 힘껏 껴안어주서요

이적은生命이 님의품에서 으서진다하야도 歡喜의靈地에서 殉情한 生命의破片은 最貴한寶石이되야서 쪼각〳〵이 適當히이어저서 님의가슴에 사랑의徽章을 걸것슴니다

님이어 끗업는沙漠에 한가지의 깃듸일나무도업는 적은새인 나의生命을 님의가슴에 으서지도록 껴안어주서요

그러고 부서진 生命의 쪼각〱에 입마춰주서요

사랑의測量

질겁고아름다운일은 量이만할수록 조흔것입니다
그런데 당신의사랑은 量이적을수록 조흔가버요
당신의사랑은 당신과나와 두사람의새이에 잇는것임니다
사랑의量을 알야면 당신과나의距離를 測量할수밧게 업슴니다
그래서 당신과나의距離가멀면 사랑의量이만하고 距離가가까으면 사
랑의量이 적을것임니다
그런데 적은사랑은 나를 웃기더니 만한사랑은 나를 울님니다
뉘라서 사람이머러지면 사랑도머러진다고 하여요
당신이가신뒤로 사랑이머러젓스면 날마다날마다 나를울니는것은 사

당이아니고 무엇이여요

眞珠

언제인지 내가 바다ㅅ가에가서 조개를주섯지요 당신은 나의치마를
거더주섯서요 진흙뭇는다고

집에와서는 나를 어린아기갓다고 하섯지오 조개를주서다가 작난한
다고 그러고 나가시더니 금강석을 사다주섯슴니다 당신이

나는 그때에 조개속에서 진주를어더서 당신의적은주머니에 너드렷
슴니다

당신이 어듸 그진주를 가지고기서요 잠시라도 웨 남을빌녀주서요

슯음의三昧

하늘의푸른빗과가티 깨끗한 죽엄은 群動을淨化합니다
虛無의빗(光)인 고요한밤은 大地에君臨하얏슴니다
힘업는초ㅅ불아레에 사릿드리고 외로히누어잇는 오々 님이어
눈물의바다에 쏫배를씌엇슴니다
쏫배는 님을실ㅅ고 소리도업시 가러안젓슴니다
나는 슯음의三昧에「我空」이되얏슴니다

쏫향긔의 무르녹은안개에 醉하야 靑春의曠野에 비틀거름치는 美人
이어
죽엄을 기럭이털보다도 가벼웁게여기고 가슴에서타오르는 불쏫을 어

름처럼마시는 사랑의狂人이어
아々 사랑에병드러 自己의사랑에게 自殺을勸告하는 사랑의失敗者여
그대는 滿足한사랑을 밧기위하야 나의팔에안겨요
나의팔은 그대의사랑의 分身인줄을 그대는 웨모르서요

의심하지마서요

의심하지마서요 당신과 떠러저잇는 나에게 조금도 의심을두지마서요

의심을둔대야 나에게는 별로관계가업스나 부질업시 당신에게 苦痛의數字만 더할뿐임니다

나는 당신의첫사랑의팔에 안길때에 온갓거짓의옷은 다벗고 세상에 나온그대로의 벌거버슨몸을 당신의압헤 노앗슴니다 지금까지도 당신의압헤는 그때에노아둔몸을 그대로밧들고 잇슴니다

만일 人爲가잇다면「엇지하여야 츰마음을변치안코 끗々내 거짓업는

몸을 님에게바칠고」하는 마음뿐임니다

당신의命令이라면 生命의옷까지도 벗것슴니다

나에게 죄가잇다면 당신을그리워하는 나의「슯음」임니다

당신이 가실째에 나의입설에 수가업시 입마추고「부대 나에게대하야 슯어하지말고 잘잇스라」고한 당신의 간절한부탁에 違反되는까닭임니다

그러나 그것만은 용서하야주서요

당신을 그리워하는 슯음은 곳나의生命인까닭임니다

만일용서하지아니하면 後日에 그에대한罰을 風雨의봄새벽의 落花의數만치라도 밧것슴니다

당신의 사랑의동아줄에 휘감기는 絞刑도 사양치안컷슴니다
당신의 사랑의酷法아레에 일만가지로服從하는 自由刑도 밧겟슴니다

그러나 당신이 나에게 의심을두시면 당신의 의심의허물과 나의슯
음의죄를 맛비기고 말것슴니다

당신에게 떠러저잇는 나에게 의심을두지마서요 부지럽시 당신에게
苦痛의數字를 더하지마서요

당신은

당신은 나를보면 웨늘 웃기만하서요 당신의 찡그리는얼골을 좀 보
고십흔데
나는 당신을보고 찡그리기는 시려요 당신은 찡그리는얼골을 보기
시려하실줄을 암니다
그러나 써러진도화가 나러서 당신의입설을 슬칠쌔에 나는 이마가
찡그려지는줄도 모르고 울고십헛슴니다
그래서 금실로수노은 수건으로 얼골을가렷슴니다

幸福

나는 당신을사랑하고 당신의행복을 사랑합니다 나는 원세상사람이 당신을사랑하고 당신의행복을 사랑하기를 바람니다

그러나 정말로 당신을사랑하는사람이 잇다면 나는 그사람을 미워하것습니다

그사람을미워하는것은 당신을사랑하는마음의 한부분입니다

그럼으로 그사람을미워하는고통도 나에게는 행복입니다

만일 원세상사람이 당신을미워한다면 나는 그사람을 얼마나미워하것슴닛가

만일 원세상사람이 당신을 사랑하지도안코 미워하지도안는다면 그것은 나의일생에 견딜수업는 불행입니다

만일 왼세상사람이 당신을사랑하고자하야 나를미워한다면 나의행복은 더클수가업습니다

그것은 모든사람의 나를미워하는 怨恨의豆滿江이 깁흘수록 나의당신을사랑하는 幸福의白頭山이 놉허지는 까닭입니다

錯認

나려오서요 나의마음이 자릿〱하여요 곳나려오서요
사랑하는님이어 엇지 그러케놉고간은 나무가지위에서 춤을추서요
두손으로 나무가지를 단〻히붓들고 고히〱나려오서요
에그 저나무닙새가 련꼿봉오리가튼 입설은 슬치것네 어서나려오서
요

「네 네 나려가고십흔마음이 잠자거나 죽은것은 아님니다마는 나는
아시는바와가티 여러사람의님인때문이여요 향긔로은 부르심을 거스르
고자하는것은 아님니다」고 버들가지에걸닌 반달은 해쭉〱우스면서
이러케말하는듯 하얏슴니다

나는 작은풀닙만치도 가림이업는 발게버슨 부끄럼을 두손으로 움
켜쥐고 빠른거름으로 잠ㅅ자리에 드러가서 눈을감고누엇슴니다
나려오지안는다든 반달이 삽분삽분거러와서 창밧게숨어서 나의눈을
엿봄니다
부끄럽든마음이 갑작히 무서워서 떨녀짐니다

밤은고요하고

밤은고요하고 방은 물로시친듯합니다
이불은개인채로 엽헤노아두고 화로ㅅ불을 다듬거리고 안젓슴니다
밤은얼마나되얏는지 화로ㅅ불은써저서 찬재가되얏슴니다
그러나 그를사랑하는 나의마음은 오히려 식지아니하얏슴니다
닭의소리가 채 나기전에 그를맛나서 무슨말을하얏는데 꿈조처 분
명치안슴니다 그려

秘密

秘密임닛가 秘密이라니요 나에게 무슨秘密 이잇것슴닛가

나는 당신에게대하야 秘密을지키랴고 하얏슴니다마는 秘密은 야속히도 지켜지지 아니하얏슴니다

나의 秘密은 눈물을것처서 당신의視覺으로 드러갓슴니다

나의秘密은 한숨을것처서 당신의聽覺으로 드러갓슴니다

나의秘密은 썰니는가슴을것처서 당신의觸覺으로 드러갓슴니다

그밧긔秘密은 한쪼각붉은마음이 되야서 당신의쑴으로 드러갓슴니다

그러고 마즈막秘密은 하나잇슴니다 그러나 그秘密은 소리업는 매아리와 가터서 表現할수가 업슴니다

사랑의存在

사랑을 「사랑」이라고하면 발서 사랑은아님니다
사랑을 이름지을만한 말이나글이 어데잇슴닛가
微笑에눌녀서 괴로은듯한 薔薇빗입설인들 그것을 슬칠수가잇슴닛가
눈물의뒤에 숨어서 슯음의黑闇面을 反射하는 가을물ㅅ결의눈인들 그것을 비칠수가잇슴닛가
그림자업는구름을 것처서 메아리업는絕壁을 것처서 마음이갈ㅅ수업는바다를 것처서 存在? 存在임니다
그나라는 國境이업슴니다 壽命은 時間이아님니다
사랑의存在는 님의눈과 님의마음도 알지못함니다
사랑의秘密은 다만 님의手巾에繡놋는 바늘과 님의심으신 꼿나무와

님의잠과 詩人의想像과 그들만이 암니다

默 沈 의 님

꿈과 근심

밤근심이 하 길기에
꿈도길줄 아럿더니
님을보러 가는길에
반도못가서 깨엿고나

새벽꿈이 하 써르기에
근심도 짜를줄 아럿더니
근심에서 근심으로
끗간데를 모르것다

默沈의 님

만일 님에게도
꿈과근심이 잇거든
차라리
근심이 꿈되고 꿈이 근심되여라

葡萄酒

가을바람과 아츰볏에 마치맛게익은 향긔로은포도를 따서 술을비젓습니다 그술고이는향긔는 가을하늘을 물드림니다

님이어 그술을 련닙잔에 가득히부어서 님에게 드리것슴니다

님이어 떨니는손을것처서 타오르는입설을 축이기서요

님이어 그술은 한밤을지나면 눈물이됨니다

아아 한밤을지나면 포도주가 눈물이되지마는 또한밤을지나면 나의
눈물이 다른포도주가됨니다 오오 님이어

誹謗

세상은 誹謗도만코 猜忌도만습니다

당신에게 誹謗과猜忌가 잇슬지라도 關心치마서요

誹謗을조아하는사람들은 太陽에 黑點이잇는것도 다행으로 생각합니
다

당신에게대하야는 誹謗할것이업는 그것을 誹謗할는지 모르것습니다

조는獅子를 죽은羊이라고 할지언정 당신이 試鍊을밧기위하야 盜賊
에게 捕虜가되얏다고 그것을 卑劫이라고할수는 업습니다

달빗을 갈꼿으로알고 흰모래위에서 갈마기를이웃하야 잠자는 기럭
이를 음란하다고할지언정 正直한당신이 狡猾한誘惑에 속혀서 靑樓에

드러갓다고 당신을 持操가업다고할수는 업습니다
당신에게 誹謗과猜忌가 잇슬지라도 關心치마서요

「?」

희미한조름이 활발한 님의발자최소리에 놀나깨여 무거은눈섭을 이
기지못하면서 창을열고 내다보앗슴니다
동풍에몰니는 소낙비는 산모롱이를 지나가고 뜰압희 파초닙위에 비
ㅅ소리의 남은音波가 그늬를뛰니다
感情과理智가 마조치는 刹那에 人面의惡魔와 獸心의天使가 보이랴
다 사러짐니다
혼드러깨는 님의노래가락에 첫잠든 어린잔나비의 애처로은꿈이 쐿
써러지는소리에 깨엇슴니다
죽은밤을지키는 외로은등잔ㅅ불의 구슬꼿이 제무게를 이기지못하야 고

요히떠러집니다
미친불에 타오르는 불상한靈은 絕望의北極에서 新世界를探險합니다
沙漠의꼿이어 금음밤의滿月이어 님의얼골이어
픠랴는 薔薇花는 아니라도 갈지안한白玉인 純潔한나의닙설은 微笑에沐浴감는 그입설에 채닷치못하얏슴니다
움지기지안는 달빗에 놀니운 창에는 저의털을가다듬는 고양이의 그림자가 오르락나리락합니다
아아 佛이냐 魔냐 人生이 띄끌이냐 꿈이 黃金이냐
적은새여 바람에흔들 는 약한가지에서 잠자는 적은새여

님의손ㅅ길

님의사랑은 鋼鐵을녹이는불보다도 뜨거운데 님의손ㅅ길은 너미차서 限度가업습니다

나는 이세상에서 서늘한것도보고 찬것도보앗습니다 그리나 님의손ㅅ길가티찬것은 볼수가업습니다

국화핀 서리아츰에 떠러진닙새를 울니고오는 가을바람도 님의손ㅅ길보다는 차지못합니다

달이적고 별에쌔나는 겨울밤에 어름위에 싸인눈도 님의손ㅅ길보다는 차지못합니다

甘露와가티淸凉한 禪師의說法도 님의손ㅅ길보다는 차지못합니다

나의적은가슴에 타오르는불쏫은 님의손ㅅ길이아니고는 끄는수가업습니다

님의손ㅅ길의溫度를 測量할만한 寒暖計는 나의가슴밧게는 아모데도 업슴니다

님의사랑은 불보다도 뜨거워서 근심山을 태우고 恨바다를 말니는데 님의손ㅅ길은 너머도차서 限度가업슴니다

海棠花

당신은 해당화피기전에 오신다고하얏슴니다 봄은벌써 느젓슴니다

봄이오기전에는 어서오기를 바랏더니 봄이오고보니 너머일즉왓나 두려함니다

철모르는아해들은 뒤ㅅ동산에 해당화가픠엿다고 다투어말하기로 듯고도 못드른체 하얏더니

야속한 봄바람은 나는꼿을부러서 경대위에 노임니다 그려

시름업시 꼿을주어서 입설에대히고「너는언제픠엿니」하고 무럿슴니다

꼿은 말도업시 나의눈물에비처서 둘도되고 셋도됨니다

당신을보앗슴니다

당신이가신뒤로 나는 당신을이즐수가 업슴니다
까닭은 당신을위하나니보다 나를위함이 만슴니다

나는 갈고심을쌍이 업슴으로 秋收가업슴니다
저녁거리가업서서 조나감자를쑤러 이웃집에 갓더니 主人은「거지는
人格이업다 人格이업는사람은 生命이업다 너를도아주는것은 罪惡이다」
고 말하얏슴니다
그말을듯고 도러나올때에 쏘더지는눈물속에서 당신을보앗슴니다

나는 집도업고 다른까닭을겸하야 民籍이업슴이다

「民籍업는者는 人權이업다 人權이업는너에게 무슨貞操냐」하고 凌辱하랴는將軍이 잇섯슴니다

그를抗拒한뒤에 남에게대한激憤이 스스로의슯음으로化하는刹那에 당신을보앗슴니다

아아 왼갓 倫理、道德、法律은 칼과黃金을祭祀지내는 烟氣인줄을 아럿슴니다

永遠의사랑을 바들ㅅ가 人間歷史의첫페지에 잉크칠을할ㅅ가 술을말실ㅅ가 망서릴때에 당신을보앗슴니다

비

비는 가장큰權威를가지고 가장조흔機會를줌니다
비는 해를가리고 하늘을가리고 세상사람의눈을 가림니다
그러나 비는 번개와무지개를 가리지안슴니다

나는 번개가되야 무지개를타고 당신에게가서 사랑의팔에 감기고자
함니다

비오는날 가만히가서 당신의沈默을 가저온대도 당신의主人은 알수
가업슴니다

만일 당신이 비오는날에 오신다면 나는 蓮닙으로 웃옷을지어서 보

내것슴니다

당신이 비오는날에 蓮닙옷을입고오시면 이세상에는 알사람이 업슴니다

당신이 비ㅅ가온대로 가만히오서서 나의눈물을 가저가신대도 永遠한秘密이 될것임니다

비는 가장큰權威를가지고 가장조흔機會를줌니다

服從

남들은 自由를사랑한다지마는 나는 服從을조아하야요

自由를모르는것은 아니지만 당신에게는 服從만하고십허요

服從하고십흔데 服從하는것은 아름다은自由보다도 달금합니다 그것이 나의幸福임니다

그러나 당신이 나더러 다른사람을服從하라면 그것만은 服從할수가업슴니다

다른사람을 服從하랴면 당신에게 服從할수가업는 까닭임니다

참어주서요

나는 당신을 리별하지아니할수가 업슴니다 님이여 나의리별을 참어주서요

당신은 고개를넘어갈때에 나를도러보시마서요 나의몸은 한적은모래속으로 드러가랴함니다

님이어 리별을참을수가업거든 나의죽엄을 참어주서요

나의生命의배는 부끄럼의 땀의바다에서 스스로爆沈하랴함니다 님이어 님의입김으로 그것을부러서 속히잠기게 하야주서요 그러고 그것을 우서주서요

님이어 나의죽엄을 참을수가업거든 나를사랑하지마러주서요 그러하고 나로하야금 당신을사랑할수가업도록 하야주서요

나의몸은 터럭하나도 빼지아니한채로 당신의품에 사러지것슴니다

님이어 당신과내가 사랑의속에서 하나가되는것을 참어주서요 그러하야 당신은 나를사랑하지말고 나로하야금 당신을사랑할수가업도록하야수서요 오오 님이어

어느것이참이냐

엷은紗의帳幕이 적은바람에 휘둘녀서 處女의꿈을 휩싸듯이 자최도 업는 당신의사랑은 나의靑春을 휘감읍니다

발딱거리는 어린피는 고요하고맑은 天國의音樂에 춤을추고 헐떡이는 적은靈은 소리업시떠러지는 天花의그늘에 잠이듭니다

간은봄비가 드린버들에 둘녀서 푸른연긔가되듯이 끗도업는 당신의情실이 나의잠을 얼금니다

바람을따러가랴는 써른꿈은 이불안에서 몸부림치고 강건너사람을부르는 밧분잠꼬대는 목안에서 그늬를뜁니다

비낀달빗이 이슬에저진 꼿숩풀을 싸락이처럼부시듯이 당신의 써난
恨은 드는칼이되야서 나의애를 도막々々 끈어노앗슴니다
문밧긔 시내물은 물ㅅ결을보태랴고 나의눈물을바드면서 흐르지안슴
니다
봄 산의 미친바람은 꼿써러트리는힘을 더하랴고 나의한숨을 기다리
고 섯슴니다

情天恨海

가을하늘이 높다기로
情하늘을 따를소냐
봄바다가 깁다기로
恨바다만 못하리라

높고높흔 情하늘이
시른것은 아니지만
손이 나저서
오르지 못하고
깁고깁흔 恨바다가

병될것은 업지마는
다리가 쩔너서
건느지 못한다

손이 자래서 오를수만 잇스면
情하늘은 놉흘수록 아름답고
다리가 기러서 건늘수만 잇스면
恨바다는 깁흘수록 묘하니라

만일 情하늘이 무너지고 恨바다가 마른다면
차라리 情天에 떠러지고 恨海에 빠지리라

아々 情하늘이 놉흔줄만 아럿더니
님의이마보다는 낫다
아々 恨바다가 깁흔줄만 아럿더니
님의무릅보다는 엿다

손이야 낫든지 다리야 쩌르든지
情하늘에 오르고 恨바다를 건느랴면
님에게만 안기리라

첫「키쓰」

마서요 제발마서요
보면서 못보는체마서요

마서요 제발마서요
입설을다물고 눈으로말하지마서요

마서요 제발마서요
뜨거은사랑에 우스면서 차듸찬잔부끄럼에 울지마서요

마서요 제발마서요
世界의꽃을 혼저따면서 亢奮에넘처서 떨지마서요

마서요 제발마서요
微笑는 나의運命의가슴에서 춤을춥니다 새삼스럽게 스스러워마서요

禪師의說法

나는 禪師의說法을 드럿슴니다

「너는 사랑의쇠사실에 묵겨서 苦痛을밧지말고 사랑의줄을끈어라 그러면 너의마음이 질거우리라」고 禪師는 큰소리로 말하얏슴니다

그禪師는 어지간히 어리석슴니다

사랑의줄에 묵기운것이 압흐기는 압흐지만 사랑의줄을끈으면 죽는것보다도 더압흔줄을 모르는말임니다

사랑의束縛은 단々히 얼거매는것이 푸러주는것임니다

그럼으로 大解脫은 束縛에서 엇는것임니다

님이어 나를얽은 님의사랑의줄이 약할가버서 나의 님을사랑하는줄

운 곱드렷습니다

그를보내며

그는간다 그가가고십허서 가는것도 아니오 내가보내고십허서 보내는것도 아니지만 그는간다

그의 붉은입설 흰니 간은눈ㅅ섭이 어엽분줄만 아럿더니 구름가튼뒤ㅅ머리 실버들가튼허리 구슬가튼발꿈치가 보다도 아름답습니다

거름이 거름보다 머러지더니 보이랴다말고 말랴다보인다

사람이머러질수록 마음은가까워지고 마음이가까워질수록 사람은머러진다

보이는듯한것이 그의 흔드는수건인가 하얏더니 갈마기보다도적은 쪼각구름이난다

金剛山

萬二千峯! 無恙하냐 金剛山아
너는 너의님이 어데서무엇을하는지 아너냐
너의님은 너때문에 가슴에서타오르는 불쏫에 왼갓 宗敎、哲學、名譽、財產 그외에도 잇스면잇는대로 태여버리는줄을 너는모를니라

너는 꼿에붉은것이 너냐
너는 입헤푸른것이 너냐
너는 丹楓에醉한것이 너냐
너는 白雪에쌔인것이 너냐

님의 沈默

나는 너의沈默을 잘안다
너는 철모르는아해들에게 종작업는讚美를바드면서 싓분우숨을참고 고
요히잇는줄을 나는잘안다

그러나 너는 天堂이나 地獄이나 하나만가지고 잇스렴으나
꿈업는잠처럼 깨끗하고 單純하란말이다
나도 써른갈궁이로 江건너의꼿을 꺽는다고. 큰말하는 미친사람은 아
니다 그레서 沈着하고單純하랴고한다
나는 너의입김에 불녀오는 쪼각구름에 「키쓰」한다

萬二千峯! 無恙하냐 金剛山아
너는 너의님이 어데서무엇을하는지 모르지

님의얼골

님의얼골을「어엽부」다고 하는말은 適當한말이아님니다
어엽부다는말은 人間사람의얼골에 대한말이오 님은 人間의것이라고
할수가 업슴만치 어엽분까닭임니다
自然은 엇지하야 그러케어엽분님을 人間으로보낸는지 아모리생각하
야도 알수가업슴니다
알것슴니다 自然의가온대에는 님의짝이될만한무엇이 업는까닭임니다
님의입설가튼 蓮꼿이 어데잇서요 님의살빗가튼 白玉이 어데잇서요
봄湖水에서 님의눈ㅅ결가튼 잔물ㅅ결을 보앗슴닛가 아츰볏에서 님의

微笑가튼 芳香을 드렷슴닛가
天國의音樂은 님의노래의反響임니다 아름다은별들은 님의눈빗의化現
임니다

아々 나는 님의그림자여요
님은 님의그림자밧게는 비길만한것이 업슴니다
님의얼골을 어엽부다고하는말은 適當한말이아님니다

심은버들

뜰압헤 버들을심어
님의말을 매랏드니
님은 가실때에
버들을꺾어 말채칙을 하얏슴니다

버들마다 채칙이되야서
님을따르는 나의말도 채칠까하얏드니
님은가지 千萬絲는
해마다 해마다 보낸恨을 잡어맴니다

樂園은가시덤풀에서

죽은줄아랏든 매화나무가지에 구슬가튼꼿방울을 맷처주는 쇠잔한눈
위에 가만히오는 봄긔운은 아름답기도합니다
그러나 그밧게 다른하늘에서오는 알수업는향긔는, 모든꼿의죽엄을 가
지고다니는 쇠잔한눈이 주는줄을 아심닛가

구름은가늘고 시내물은엿고 가을산은 비엿는데 파리한바위새이에 실
컷붉은단풍은 곱기도합니다
그러나 단풍은 노래도부르고 우름도움니다 그러한「自然의人生」은,
가을바람의꿈을따러 사러지고 記憶에만남어잇는 지난여름의 무르녹은
綠陰이 주는줄을 아심닛가

一莖草가 丈六金身이되고 丈六金身이 一莖草가됩니다
天地는 한보금자리오 萬有는 가튼小鳥입니다
나는 自然의거울에 人生을비처보앗슴니다
苦痛의가시덤풀뒤에 歡喜의樂園을 建設하기위하야 님을떠난 나는 아
아 幸福입니다

참말인가요

그것이참말인가요 님이어 속임업시 말슴하야주서요
당신을 나에게서 빼아서간 사람들이 당신을보고 「그대는 님이업다」
고 하얏다지오
그래서 당신은 남모르는곳에서 울다가 남이보면 우슴을 우슴으로
변한다지오
사람의 우는것은 견딜수가업는것인대 울기조처 마음대로못하고 우
슴으로변하는것은 죽엄의맛보다도 더쓴것임니다
그러면 나는 그것을변명하지안코는 견딜수가업슴니다
나의生命의꼿가지를 잇는대로썩거서 花環을만드러 당신의목에걸고 「이
것이 「님의님이라」고 소리처말하것슴니다

그것이참말인가요 님이어 속임업시 말슴하야주서요
당신을 나에게서 빼아서간 사람들이 당신을보고 「그대의 님은 우리
가 구하야준다」고 하얏다지오
그래서 당신은「獨身生活을하것다」고 하얏다지오
그러면 나는 그들에게 분푸리를하지안코는 견될수가업슴니다
만치안한 나의피를 더운눈물에 석거서 피에목마른 그들의칼에뿌리
고「이것이 님의님이라」고 우름석거서 말하것슴니다

꼿이먼저아러

옛집을떠나서 다른시골에 봄을맛낫슴니다

꿈은 잇다금 봄바람을따러서 아득한옛터에 이름니다

지팽이는 푸르고푸른 풀빗에 누처서 그림자와 서로따릅니다

길가에서 이름도모르는꼿을 보고서 행혀 근심을이질ㅅ가하고 안젓슴니다

꼿송이에는 아츰이슬이 아즉마르지아니한가 하얏더니 아々 나의눈물이 떠러진줄이야 꼿이먼저아럿슴니다

讚頌

님이어 당신은 百番이나鍛鍊한金결임니다
뽕나무뿌리가 珊瑚가되도록 天國의사랑을 바듭소서
님이어 사랑이어 아츰볏의 첫거름이어

님이어 당신은 義가무거웁고 黃金이가벼은것을 잘아심니다
거지의 거친밧헤 福의씨를 뿌리옵소서
님이어 사랑이어 옛梧桐의 숨은소리여

님이어 당신은 봄과光明과平和를 조아하심니다
弱者의가슴에 눈물을뿌리는 慈悲의菩薩이 되옵소서

님이어 사랑이어 어름바다에 봄바람이어

論介의愛人이되야서그의廟에

날과밤으로 흐르고흐르는 南江은 가지안습니다
바람과비에 우두커니섯는 矗石樓는 살가른光陰을따러서 다름질칩니다

論介여 나에게 우름과우슴을 同時에주는 사랑하는論介여
그대는 朝鮮의무덤가온대 피엿든 조흔쏫의하나이다 그래서 그향긔는 썩지안는다
나는 詩人으로 그대의愛人이되얏노라
그대는어데잇너뇨 죽지안한그대가 이세상에는업고나

나는 黃金의칼에베혀진 쏫과가티 향긔롭고 애처로은 그대의當年을

回想한다
술향긔에목마친 고요한노래는 獄에무친 썩은칼을 울녓다
춤추는소매를 안고도는 무서은찬바람은 鬼神나라의꼿숩풀을 거처서 떼러지는해를 얼녓다
가냘핀 그대의마음은 비록沈着하얏지만 썰니는것보다도 더욱무서웟다

님의 沈默

아름답고無毒한 그대의눈은 비록우섯지만 우는것보다도 더욱슯엇다
붉은듯하다가 푸르고 푸른듯하다가 희여지며 가늘게썰니는 그대의입설은 우슴의朝雲이냐 우름의暮雨이냐 새벽달의秘密이냐 이슬꼿의象徵이냐
쌔비가튼 그대의손에 꺽기우지못한 落花臺의남은꼿은 부끄럼에醉하야 얼골이붉엇다

玉가튼 그대의발꿈치에 밟히운 江언덕의 묵은이끼는 驕矜에넘처서 푸른紗籠으로 自己의題名을 가리엇다

아々 나는 그대도업는 빈무덤가튼집을 그대의집이라고 부릅니다
만일 이름뿐이나마 그대의집도업스면 그대의이름을 불너볼機會가업는 까닭입니다

나는 꼿을사랑합니다 마는 그대의집에 픠여잇는꼿을 꺽글수는 업슴니다
그대의집에 픠여잇는꼿을 꺽그랴면 나의창자가 먼저꺽거지는 까닭임니다

나는 꼿을사랑합니다 마는 그대의집에 꼿을심을수는 업슴니다
그대의집에 꼿을심으랴면 나의가슴에 가시가 먼저심어지는 까닭임니

다

容恕하여요 論介여 金石가튼 굿은언약을 저바린것은 그대가아니오 나임니다

容恕하여요 論介여 쓸々하고호젓한 잠ㅅ자리에 외로히누어서 씨친恨에 울고잇는것은 내가아니오 그대임니다

나의가슴에 「사랑」의글ㅅ자를 黃金으로새여서 그대의祠堂에 紀念碑를세운들 그대에게 무슨위로가 되오릿가

나의노래에 「눈물」의曲調를 烙印으로씩어서 그대의祠堂에 祭鍾을울닌대도 나에게 무슨贖罪가 되오릿가

나는 다만 그대의遺言대로 그대에게다 하지못한사랑을 永遠히 다른女子에게 주지아니할뿐임니다 그것은 그대의얼골과가티 이즐수가업는

罰賞임니다

容恕하여요 論介여 그대가容恕하면 나의罪는 神에게 懺悔를아니한
대도 사러지것슴니다

千秋에 죽지안는 論介여
하루도 살ㅅ수업는 論介여
그대를사랑하는 나의마음이 얼마나 질거으며 얼마나 슯흐것는가
나는 우슴이제워서 눈물이되고 눈물이제워서 우슴이됨니다
容恕하여요 사랑하는 오々 論介여

後悔

당신이게실때에 알뜰한사랑을 못하얏슴니다

사랑보다 밋음이만코 질거음보다 조심이더하얏슴니다

게다가 나의性格이冷淡하고 더구나 가난에쪼겨서 병드러누은 당신에게 도로혀 疏濶하얏슴니다

그럼으로 당신이가신뒤에 떠난근심보다 뉘우치는눈물이 만슴니다

사랑하는까닭

내가 당신을사랑하는것은 까닭이업는것이 아님니다
다른시람들은 나의紅顔만을 사랑하지마는 당신은 나의白髮도 사랑
하는 까닭임니다

내가 당신을그루어하는것은 까닭이업는것이 아님이다
다른사람들은 나의微笑만을 사랑하지마는 당신은 나의눈물도 사랑
하는 까닭임니다

내가 당신을기다리는것은 까닭이업는것이 아님니다
다른사람들은 나의健康만을 사랑하지마는 당신은 나의죽엄도 사랑

하는 까닭임니다

당신의편지

당신의편지가 왓다기에 꼿밧매든호믜를노코 떼여보앗슴니다

그편지는 글ㅅ시는 가늘고 글줄은 만하나 사연은 간단합니다

만일 님이쓰신편지이면 글은 써를지라도 사연은 길터인데

당신의편지가 왓다기에 바느질그릇을 치어노코 떼여보앗슴니다

그편지는 나에게 잘잇너냐고만 뭇고 언제오신다는말은 조금도업슴니다

만일 님이쓰신편지이면 나의일은 뭇지안터래도 언제오신다는말을 먼저썻슬터인데

당신의편지가 왓다기에 약을다리다말고 떼어보앗슴니다
그편지는 당신의住所는 다른나라의軍艦임니다
만일 님이쓰신편지이면 남의軍艦에잇는것이 事實이라할지라도 편지에는 軍艦에서써낫다고 하얏슬터인데

거짓리별

당신과나와 리별한때가 언제인지 아심닛가
가령 우리가 조흘때로말하는것과가티 거짓리별이라할지라도 나의입
설이 당신의입설에 다치못하는것은 事實입니다
이거짓리별은 언제나 우리에게서 써날것인가요
한해두해 가는것이 얼마아니된다고 할수가업습니다
시드러가는 두볼의桃花가 無情한봄바람에 멧번이나슴처서 落花가될
가요
灰色이되여가는 두귀밋의 푸른구름이 쪼이는가을볏에 얼마나바래서
白雪이될가요

머리는 희여가도 마음은 붉어감니다
피는 식어가도 눈물은 더워감니다
사랑의언덕엔 사태가나도 希望의바다엔 믈ㅅ결이뛰노러요

이른바 거짓리별이 언제든지 우리에게서 써날줄만은 아러요
그러나 한손으로 리별을가지고가는 날(日)은 또한손으로 죽엄을가
지고와요

꿈이라면

사랑의束縛이 꿈이라면
出世의解脫도 꿈임니다
우슴과눈물이 꿈이라면
無心의光明도 꿈임니다
一切萬法이 꿈이라면
사랑의꿈에서 不滅을엇것슴니다

달을보며

달은밝고 당신이 하도긔루엇슴니다

자던옷을 고처입고 뜰에나와 퍼지르고안저서 달을한참보앗슴니다

달은 차々々 당신의얼골이 되더니 넓은이마 둥근코 아름다은수염이 녁々히보임니다

간해에는 당신의얼골이 달로보이더니 오날밤에는 달이 당신의얼골이됨니다

당신의얼골이 달이기에 나의얼골도 달이되얏슴니다

나의얼골은 금음달이된줄을 당신이아심닛가

아々 당신의얼골이 달이기에 나의얼골도 달이되얏슴니다

因果律

당신은 옛盟誓을깨치고 가심니다
당신의盟誓는 얼마나참되얏슴닛가 그盟誓를깨치고가는 리별은 미들
수가 업슴니다
참盟誓를깨치고가는 리별은 옛盟誓로 도러올줄을 암니다 그것은嚴
肅한因果律임니다
나는 당신과써날때에 입마춘입설이 마르기전에 당신이도러와서 다
시입마추기를 기다림니다
그러나 당신의가시는것은 옛盟誓를깨치랴는故意가 아닌줄을 나는암
니다

비겨 당신이 지금의리별을 永遠히 깨치지안는다하야도 당신의 最
後의接觸을바든 나의입설을 다른男子의입설에 대일수는 업슴니다

잠꼬대

「사랑이라는것은 다무엇이냐 진정한사람에게는 눈물도업고 우슴도업
는것이다
사랑의뒤움박을 발낄로차서 깨트려버리고 눈물과우슴을 띄끌속에 合
葬을하여라
理智와感情을 두드려깨처서 가루를만드러버려라
그러고 虛無의絕頂에 올너가서 어지럽게춤추고 미치게노래하여라
그러고 愛人과惡魔를 똑가티 술을먹여라
그러고 天癡가되던지 미치광이가되던지 산송장이되던지 하야버려라
그레 너는 죽어도 사랑이라는것은 버릴수가업단말이냐

그러커든 사랑의쌍문이에 도룡태를다러라

그래서 네멋대로 쏠고도러다니다가 쉬고십흐거든 쉬고 자고십흐거든 자고 살고십흐거든 살고 죽고십흐거든 죽어라

사랑의밧바닥에 말목을처노코 붓들고서々 엉々우는것은 우수은일이다

이세상에는 이마빡에다「님」이라고 색이고다니는 사람은 하나도업다

戀愛는 絕對自由요 貞操는 流動이요 結婚式場은 林間이다」

나는 잠ㅅ결에 큰소리로 이러케 부르지젓다

아々 惑星가티빗나는 님의微笑는 黑闇의光線에서 채 사러지지아니하얏슴니다

잠의나라에서 몸부림치든 사랑의눈물은 어늬덧 벼개를적셧슴니다

容恕하서요 님이어 아모리 잠이지은허물이라도 님이 罰을주신다면

그罰을 잠을주기는 실습니다

桂月香에게

桂月香이어 그대는 아릿다웁고 무서운 最後의微笑를 거두지아니한
채로 大地의寢臺에 잠드럿슴니다

나는 그대의多情을 슯어하고 그대의無情을 사랑함니다

大同江에 낙시질하는사람은 그대의노래를듯고 牧丹峯에 밤노리하는
사람은 그대의얼골을봄니다

아해들은 그대의산이름을 외우고 詩人은 그대의죽은그림자를 노래
함니다

사람은 반듯이 다하지못한恨을 씨치고 가게되는것이다

그대는 남은恨이 잇는가업는가 잇다면 그恨은무엇인가
그대는 하고십흔말을 하지안슴니다

그대의 붉은恨은 絢爛한저녁놀이되야서 하늘길을 가로막고 荒凉한써러지는날을 도리키고자합니다

그대의 푸른근심은 드리고드린 버들실이 되야서 꼿다은무리를 뒤에두고 運命의길을써나는 저문봄을 잡어매랴합니다

나는 黃金의소반에 아츰볏을바치고 梅花가지에 새봄을걸어서 그대의 잠자는겻헤 가만히 노아드리것슴니다

자 그러면 속하면 하루ㅅ밤 더되면 한겨울 사랑하는桂月香이어

滿足

세상에 滿足이잇너냐 人生에게 滿足이잇너냐
잇다면 나에게도 잇스리라

세상에 滿足이 잇기는잇지마는 사람의압헤만잇다
距離는 사람의팔기리와갓고 速力은 사람의거름과 比例가된다
滿足은 잡을내야 잡을수도업고 버릴내야 버릴수도업다

滿足을 엇고보면 어든것은 不滿足이오 滿足은 依然히 압헤잇다
滿足은 愚者나聖者의 主觀的所有가아니면 弱者의期待뿐이다
滿足은 언제든지 人生과 竪的平行이다

나는 차라리 발꿈치를돌녀서 滿足의묵은자최를 밟을까하노라

아々 나는 滿足을어덧노라

아즈랑이가튼꿈과 金실가튼幻想이 님기신꽃동산에 둘닐때에 아々 나
는 滿足을어덧노라

反比例

당신의소리는「沈默」인가요
당신이 노래를부르지 아니하는때에 당신의노래가락은 역々히들님니다 그려
당신의소리는 沈默이여요

당신의얼골은「黑闇」인가요
내가 눈을감은때에 당신의얼골은 분명히보임니다 그려
당신의얼골은 黑闇이여요

당신의그림자는「光明」인가요

당신의그림자는 달이너머간뒤에 어두은창에 비침니다 그려

당신의그림자는 光明이여요

눈물

내가본사람가온대는 눈물을眞珠라고하는사람처럼 미친사람은 업습니다

그사람은 피를紅寶石이라고하는사람보다도 더미친사람입니다

그것은 戀愛에失敗하고 黑闇의岐路에서 헤매는 늙은處女가아니면 神經이 畸形的으로된 詩人의 말임니다

만일 눈물이眞珠라면 나는 님이信物로주신반지를 내노코는 세상의 眞珠라는眞珠는 다띄끌속에 무더버리것습니다

나는 눈물로裝飾한玉珮를 보지못하얏습니다

나는 平和의잔치에 눈물의술을 마시는것을 보지못하얏습니다

내가본사람가온대는 눈물을眞珠라고하는사람처럼 어리석은사람은 업습니다

아니여요 님의주신눈물은 眞珠눈물이여요

나는 나의그림자가 나의몸을 써날때까지 님을위하야 眞珠눈물을 흘니것습니다

아々 나는 날마다々々々 눈물의仙境에서 한숨의玉笛을 듯습니다

나의눈물은 百千줄기라도 방울々々이 創造임니다

눈물의구슬이어 한숨의봄바람이어 사랑의聖殿을莊嚴하는 無等々의寶物이어

아々 언제나 空間과時間을 눈물로채워서 사랑의世界를 完成할ㅅ가요

어데라도

아츰에 이러나서 세수하랴고 대야에 물을떠다노으면 당신은 대야안의 간은물ㅅ결이 되야서 나의얼골그림자를 불상한아기처럼 얼너줌니다

근심을이즐ㅅ가하고 쏫동산에거닐때에 당신은 쏫새이를슬처오는 봄바람이 되야서 시듬입는 나의마음에 쏫향긔를 무쳐주고 감니다

당신을기다리다못하야 잠ㅅ자리에 누엇더니 당신은 고요한어둔빗이 되야서 나의잔부ㅅ그럼을 살뜰이도 덥허줌니다

어데라도 눈에보이는데마다 당신이게시기에 눈을감고 구름위와 바다밋을 차저보앗슴니다

당신은 微笑가되여서 나의마음에 숨엇다가 나의감은눈에 입마추고
「네가 나를보너냐」고 嘲弄함니다

ᄯᅥ날ᄯᅢ의 님의얼골

ᄭᅩᆺ은 ᄯᅥ러지는향긔가 아름답습니다
해는 지는빗이 곱습니다
노래는 목마친가락이 묘합니다
님은 ᄯᅥ날ᄯᅢ의얼골이 더욱어엽븝니다

ᄯᅥ나신뒤에 나의 幻想의눈에비치는 님의얼골은 눈물이업는눈으로는
바로볼수가업슬만치 어엽불것입니다
님의 ᄯᅥ날ᄯᅢ의 어엽분얼골을 나의눈에 색이것습니다
님의얼골은 나를울니기에는 너머도 야속한듯하지마는 님을사랑하기
위하야는 나의마음을 질거웁게할수가 업습니다

만일 그어엽분얼골이 永遠히 나의눈을떠난다면 그때의슯음은 우는 것보다도 압흐것슴니다

最初의님

맨츰에맛난 님과님은 누구이며 어늬때인가요
맨츰에리별한 님과님은 누구이며 어늬때인가요
맨츰에맛난 님과님이 맨츰으로 리별하얏슴닛가 다른님과님이 맨츰으로 리별하얏슴닛가

나는 맨츰에맛난 님과님이 맨츰으로 리별한줄로 암니다
맛나고 리별이업는것은 님이아니라 나임니다
리별하고 맛나지안는것은 님이아니라 길가는사람임니다
우리들은 님에대하야 맛날때에 리별을념녀하고 리별할때에 맛남을 긔약함니다

그것은 맨츰에맛난 님과님이 다시리별한 遺傳性의痕跡입니다

그럼으로 맛나지안는것도 님이아니오 리별이업는것도 님이아님니다

님은 맛날때에 우슴을주고 써날때에 눈물을줌니다

맛날때의우슴보다 써날때의눈물이 조코 써날때의눈물보다 다시맛나는우슴이 좃슴니다

아々 님이어 우리의 다시맛나는우슴은 어늬때에 잇슴닛가

두견새

두견새는 실컷운다
울다가 못다울면
피를흘녀 운다

리별한恨이냐 너뿐이랴마는
울내야 울지도못하는 나는
두견새못된恨을 또다시 엇지하리

야속한 두견새는
도러갈곳도업는 나를 보고도

「不如歸々々々」

나의꿈

당신이 맑은새벽에 나무그늘새이에서 산보할때에 나의꿈은 적은별이되야서 당신의머리위에 지키고잇것슴니다

당신이 여름날에 더위를못이기여 낫잠을자거든 나의꿈은 맑은바람이되야서 당신의周圍에 떠돌것슴니다

당신이 고요한가을밤에 그윽히안저서 글을볼때에 나의꿈은 귀따람이가되야서 책상밋헤서「귀뚤々々」울것슴니다

우는때

꼿핀아츰 달밝은저녁 비오는밤 그때가 가장님긔루은때라고 남들은
말합니다

나도 가튼고요한때로는 그때에 만히우럿슴니다

그러나 나는 여러사람이모혀서 말하고노는때에 더울게됨니다

님잇는 여러사람들은 나를위로하야 조흔말을함니다마는 나는 그들
의 위로하는말을 조소로듯슴니

그때에는 우름을삼켜서 눈물을 속으로 창자를향하야 흘님니다

타골의詩(GARDENISTO)를읽고

벗이어 나의벗이어 愛人의무덤위의 픠여잇는 꼿처럼 나를울니는 벗
이어
적은새의자최도업는 沙漠의밤에 문득맛난님처럼 나를깃부게하는 벗
이어
그대는 옛부덤을깨치고 하늘싸지사뭇치는 白骨의香氣임니다
그대는 花環을만들냐고 써러진꼿을줏다가 다른가지에걸녀서 주슨꼿
을헤치고 부르는 絕望인希望의노래임니다

벗이어 깨여진사랑에우는 벗이어
눈물이 능히 써러진꼿을 옛가지에 도로픠게할수는 업슴니다

눈물을 써러진꼿에 뿌리지말고 꼿나무밋희띄끌에 뿌리서요

벗이어 나의벗이어

죽엄의香氣가 아모리조타하야도 白骨의입설에 입맛출수는 업습니다
그의무덤을 黃金의노래로 그물치지마서요 무덤위에 피무든旗대를 세우서요
그러나 죽은大地가 詩人의노래를거처서 움직이는것을 봄바람은 말합니다

벗이어 부끄럽습니다 나는 그대의노래를 드를때에 엇더케 부끄럽고 썰니는지 모르것슴니다
그것은 내가 나의님을떠나서 홀로 그노래를 듯는까닭입니다

繡의 秘密

나는 당신의옷을 다지어노앗슴니다
심의도지코 도포도지코 자리옷도지엇슴니다
지치아니한것은 적은주머니에 수놋는것뿐임니다

그주머니는 나의손때가 만히무덧슴니다
짓다가노아두고 짓다가노아두고한 까닭임니다
다른사람들은 나의바느질솜씨가 업는줄로 알지마는 그러한비밀은 나
밧게는 아는사람이 업슴니다

나는 마음이 압흐고 쓰린때에 주머니에 수를노흐랴면 나의마음은 수
놋는금실을따러서 바늘구녕으로 드러가고 주머니속에서 맑은노래가

나와서 나의마음이됨니다
그러고 아즉 이세상에는 그주니에널만한 무슨보물이 업슴니다
이적은주머니는 지키시려서 지치못하는것이 아니라 지코십허서 다
지치안는것임니다

사랑의 불

山川草木에 붓는불은 燧人氏가 내섯습니다
青春의音樂에 舞蹈하는 나의가슴을 태우는불은 가는님이 내섯습니다

矗石樓를안고돌며 푸른물ㅅ결의 그윽한품에 論介의青春을 잠재우는
南江의흐르는물아
牧丹峯의키쓰를밧고 桂月香의無情을 咀呪하면서 綾羅島를감도러흐르는
失戀者인大同江아
그대들의 權威로도 애태우는불은 쓰지못할줄을 번연히아지마는 입
버릇으로 불너보앗다

만일 그대네가 쓰려고압흔슯음으로 조려다가 爆發되는 가슴가온대

의불을 쓸수가잇다면 그대들이 님그리운사람을위하야 노래를부를때에
잇다감잇다감 목이메어 소리를이르지못함은 무슨까닭인가
님들이 볼수업는 대네의가슴속에도 에태우는불꽃이 거꾸로하드러
가는것을 나는본다

오오 님의情熱의눈물과 나의感激의눈물이 마조다서 合流가되는때에
그눈물의 첫방울로 나의가슴의불을쓰고 그다음방울을 그대네의가슴에
쓰리주리라

「사랑」을사랑하야요

당신의얼골은 봄하늘의 고요한별이여요
그러나 씨저진구름새이로 돗어오는 반달가튼 얼골이 업는것이아님니다
만일 어엽분얼골만을 사랑한다면 웨 나의벼개ㅅ모에 달을수노치안코 별을수노아요

당신의마음은 티업는 숫玉이여요 그러나 곱기도 밝기도 곳기도 보석가튼 마음이 업는것이아님니다
만일 아름다은마음만을 사랑한다면 웨 나의반지를 보석으로아니하고 옥으로만드러요

당신의詩는 봄비에 새로눈트는 金결가튼 버들이여요
그러나 기름가튼 검은바다에 픠여오르는百合쏫가튼 詩가 업는것이
아닙니다
만일 조혼文章만을 사랑한다면 웨 내가 쏫을노래하지안코 버들을
讚美하여요

왼세상사람이 나를사랑하지아니할때에 당신만이 나를사랑하얏습니다
나는 당신을사랑하야요 나는 당신의「사랑」을 사랑하야요

버리지아니하면

나는 잠ㅅ자리에누어서 자다가깨고 깨다가잘때에 외로은등잔불은 恪勤한派守軍처럼 왼밤을 지킴니다

당신이 나를버리지아니하면 나는 一生의등잔불이되야서 당신의百年을 지키것슴니다

나는 책상압헤안저서 여러가지글을볼때에 내가要求만하면 글은 조흔이야기도하고 맑은노래도부르고 嚴肅한敎訓도줌니다

당신이 나를버리지아니하면 나는 服從의百科全書가되야서 당신의要求를 酬應하것슴니다

나는 거울을대하야 당신의키쓰를 기다리는 입설을 볼때에 속임업는거울은 내가우스면 거울도웃고 내가찡그리면 거울도찡그림니다
당신이 나를비리지아니하면 나는 마음의거울이되야서 속임업시 당신의苦樂을 가치하것슴니다

당신가신때

당신이가실때에 나는 다른시골에 병드러누어서 리별의키쓰도 못하얏슴니다

그때는 가을바람이 츰으로나서 단풍이 한가지에 두서너닙이 붉엇슴니다

나는 永遠의時間에서 당신가신때를 끈어내것슴니다 그러면 時間은 두도막이 남니다

時間의한쯧은 당신이가지고 한쯧은 내가가젓다가 당신의손과 나의손과 마조잡을때에 가만히 이어노컷슴니다

그러면 붓대를잡고 남의不幸한일만을 쓰랴고 기다리는사람들도 당
신의가신때는 쓰지못할것입니다

나는 永遠의時間에서 당신가신때를 끈어내것슴니다

妖術

가을洪水가 적은시내의 싸인落葉을 휩쓰러가듯이 당신은 나의歡樂의마음을 빼아서갓슴니다 나에게 남은마음은 苦痛뿐임니다

그러나 나는 당신을원망할수는 업슴니다 당신이 가기전에는 나의苦痛의마음을 빼아서간 까닭임니다

만일 당신이 歡樂의마음과 苦痛의마음을 同時에빼아서간다하면 나에게는 아모마음도 업것슴니다

나는 하늘의별이되야서 구름의面紗로 낫을가리고 숨어잇것슴니다

나는 바다의眞珠가되얏다가 당신의구쓰에 단추가되것슴니다

당신이 만일 별과眞珠를따서 게다가 마음을너서 다시 당신의님을

만든다면 그때에는 歡樂의마음을 너주서요
부득이 苦痛의마음도 너야하겟거든 당신의苦痛을빼어다가 너주서요
그러고 마음을빼아서가는 妖術은 나에게는 가러처주지마서요
그러면 지금의리별이 사랑의最後는 아님니다

당신의마음

나는 당신의 눈섭이검ㅅ고 귀가갸름한것도 보앗슴니다
그러나 당신의마음은 보지못하얏슴니다
당신이 사과를따서 나를주랴고 크고붉은사과를 짜로쌀때에 당신의
마음이 그사과속으로 드러가는것을 분명히보앗슴니다
나는 당신의 둥근배와 잔나비가튼허리와를 보앗슴니다
그러나 당신의마음을 보지못하얏슴니다
당신이 나의사진과 엇든녀자의사진을 가티뭇고볼때에 당신의마음이
두사진의새이에서 초록빗이되는것을 분명히보앗슴니다

나는 당신의 발톱이희고 발꿈치가둥근것도 보앗슴니다
그러나 당신의마음을 보지못하얏슴니다
당신이 떠나시랴고 나의큰보석반지를 주머니에너실때에 당신의마음
이 보석반지넘어로 얼골을가리고 숨는것을 분명히보앗슴니다

여름밤이기러요

당신이기실때에는 겨울밤이써르더니 당신이가신뒤에는 여름밤이기러
요

책녁의內容이 그릇되얏나 하얏더니 개똥불이흐르고 버레가움니다

긴밤은 어데서오고 어데로가는줄을 분명히아럿슴니다

긴밤은 근심바다의첫물ㅅ결에서 나와서 슯은音樂이되고 아득한沙漠
이되더니 필경 絶望의城넘어로가서 惡魔의우슴속으로 드러감니다

그러나 당신이오시면 나는 사랑의칼을가지고 긴밤을베혀서 一千도
막을 내것슴니다

당신이기실때는 겨울밤이써르더니 당신이가신뒤는 여름밤이기러요

冥想

아득한 冥想의적은배는 갓이업시출넝거리는 달빗의물ㅅ결에 漂流되야 멀고먼 별나라를 넘고또넘어서 이름도모르는나라에 이르럿슴니다

이나라에는 어린아기의微笑와 봄아츰과 바다소리가 合하야 사람이 되얏슴니다

이나라사람은 玉璽의귀한줄도모르고 黃金을밟고다니고 美人의靑春을 사랑할줄도 모름니다

이나라사람은 우슴을조아하고 푸른하늘을조아함니다

冥想의배를 이나라의宮殿에 매엿더니 이나라사람들은 나의손을잡고 가티살자고함니다

그러나 나는 님이오시면 그의가슴에 天國을꾸미랴고 도러왓슴니다
달빗의물ㅅ결은 흰구슬을 머리에이고 춤추는 어린풀의장단을 마추
어 우줄거림니다

七 夕

「차라리 님이업시 스々로님이되고 살지언정 하늘위의織女星은 되지 안켓서요 네 네」 나는 언제인지 님의눈을처다보며 조금아양스런소리로 이러케 말하얏습니다

이말은 牽牛의님을그러우는 織女가 一年에한번식맛나는七夕을 엇지 기다리나하는 同情의咀呪엿습니다

이말에는 나는 모란쏫에취한 나븨처럼 一生을 님의키쓰에 밧부게 지나것다는 교만한盟誓가 숨어잇슴니다

아々 알수업는것은 運命이오 지키기어려운것은 盟誓입니다

나의머리가 당신의팔위에 도리질을한지가 七夕을 열번이나 지나고 또

몃번을 지내엇슴니다

그러나 그들은 나를용서하고 불상히여길뿐이오 무슨復讎的呪詛를 아니하얏슴니다

그들은 밤마다밤마다 銀河水를새에두고 마조건너다보며 이야기하고 놉니다

그들은 햇죽〱웃는 銀河水의江岸에서 물을한줌ㅅ식쥐어서 서로던지고 다시뒤웃처함니다

그들은 물에다 발은잠그고 반비식이누어서 서로안보는체하고 무슨노래를 부름니다

그들은 갈닙으로 배를만들고 그배에다 무슨글을써서 물에띄우고 입김으로부러서 서로보냄니다 그러고 서로글을보고 理解하지못하는것처

렴 잠자코잇슴니다

그들은도러갈때에는 서로보고 웃기만하고 아모말도아니함니다

지금은 七月七夕날밤임니다

그들은 蘭草실로 주름을접은 蓮옷의위ㅅ옷을 입엇슴니다

그들은 한구슬에 일곱빗나는 桂樹나무열매의 노르개를 찻슴니다

키쓰의술에醉할것을 想像하는 그들의뺨은 먼저 깃븜을못이기는 自已의熱情에醉하야 반이나붉엇슴니다

그들은 烏鵲橋를건너갈때에 거름을멈추고 위ㅅ옷의뒤ㅅ자락을 檢査함니다

그들은 烏鵲橋를건너서 서로抱擁하는동안에 눈물과우슴이 順序를일터니 마시금 恭敬하는얼골을 보임니다

아〻 알수업는것은 運命이오 지키기어려운것은 盟誓임니다

나는 그들의사랑이 表現인것을 보앗슴니다
진정한사랑은 表現할수가 업슴니다
그들은 나의사랑을볼수는 업슴니다
사랑의神聖은 表現에잇지안코 秘密에잇슴니다
그들이 나를 하늘로오라고 손짓을한대도 나는가지안컷슴니다
지금은 七月七夕날밤임니다

生의 藝術

몰난결에쉬어지는 한숨은 봄바람이되야서 야윈얼골을비치는 거울에
이슬꼿을핌니다

나의周圍에는 和氣라고는 한숨의봄바람밧게는 아모것도업슴니다

하염업시흐르는 눈물은 水晶이되야서 깨끗한슯음의聖境을 비침니다

나는 눈물의水晶이아니면 이세상에 寶物이라고는 하나도업슴니다

한숨의봄바람과 눈물의水晶은 써난님을긔루어하는 情의秋收임니다

저리고쓰린 슯음은 힘이되고 熱이되야서 어린羊과가튼 적은목숨을
사러움지기게함니다

님이주시는 한숨과눈물은 아름다은 生의藝術임니다

꼿싸옴

당신은 두견화를 심으실때에 「꼿이픠거든 꼿싸옴하자」고 나에게말하얏슴니다

꼿은픠여서 시드러가는대 당신은 옛맹서를이즈시고 아니오심닛가

나는 한손에 붉은꼿수염을가지고 한손에 흰꼿수염을가지고 꼿싸옴을하야서 이기는것은 당신이라하고 지는것은 내가됨니다

그러나 정말로 당신을맛나서 꼿싸옴을하게되면 나는 붉은꼿수염을가지고 당신은 흰꼿수염을 가지게함니다

그러면 당신은 나에게 번々히지심니다

그것은 내가 이기기를 조아하는것이아니라 당신이 나에게 지기를

깃버하는 까닭임니다

번々히 이긴 나는 당신에게 우승의 상을 달나고 조르것슴니다

그러면 당신은 빙긋이 우스며 나의 뺨에 입맛추것슴니다

꽃은 픠여서 시드러가는대 당신은 옛맹서를 이지시고 아니오십닛가

거문고탈때

달아레에서 거문고를타기는 근심을이즐ㅅ가 함이러니 춤곡조가씃나기
전에 눈물이압흘가려서 밤은 바다가되고 거문고줄은 무지개가됨니다

거문고소리가 놉혓다가 가늘고 가늘다가 놉흘때에 당신은 거문고
줄에서 그늬를뜀니다

마즈막소리가 바람을따러서 느투나무그늘로 사러질때에 당신은 나
를힘업시보면서 아득한눈을감슴니다

아々 당신은 사러지는 거문고소리를 따러서 아득한눈을감슴니다

오서요

오서요 당신은 오실때가되얏서요 어서오서요

당신은 당신의오실때가 언제인지 아심닛가 당신의오실때는 나의기
다리는때임니다

당신은 나의쏫밧헤로오서요 나의쏫밧헤는 쏫들이픠여잇슴니다

만일 당신을조처오는사람이 잇스면 당신은 쏫속으로드러가서 숨으
십시오

나는 나븨가되야서 당신숨은쏫위에가서 안겟슴니다

그러면 조처오는사람이 당신을차질수는 업슴니다

오서요 당신은 오실때가되얏슴니다 어서오서요

당신은 나의품에로오서요 나의품에는 보드러은가슴이 잇슴니다

만일 당신을조처오는사람이 잇스면 당신은 머리를숙여서 나의가슴에 대입시오

나의가슴은 당신이만질때에는 물가티보드러옵지마는 당신의危險을위하야는 黃金의칼도되고 鋼鐵의방패도됨니다

나의가슴은 말ㅅ굽에밟힌落花가 될지언정 당신의머리가 나의가슴에서 떠러질수는 업습니다

그러면 조처오는사람이 당신에게 손을대일수는 업습니다

오서요 당신은 오실때가되얏슴니다 어서오서요

당신은 나의죽엄속으로오서요 죽엄은 당신을위하야의準備가 언제든

지 되야잇슴니다

만일 당신을조처오는사람이 잇스면 당신은 나의죽엄의뒤에 서실시
오

죽엄은 虛無와萬能이 하나임니다

죽엄의사랑은 無限인同時에 無窮임니다

죽엄의압헤는 軍艦과砲臺가 띄끌이됨이다

죽엄의압헤는 强者와弱者가 벗이됨니다

그러면 조처오는사람이 당신을잡을수는 업슴니다

오서요 당신은 오실때가되얏슴니다 어서오서요

快樂

님이어 당신은 나를 당신기신쌔처럼 잘잇는줄로 아십닛가
그러면 당신은 나를아신다고할수가 업습니다

당신이 나를두고 멀니가신뒤로는 나는 깃븜이라고는 달도업는 가
을하늘에 외기럭이의 발자최만치도 업습니다
거울을볼때에 절로오든우슴도 오지안습니다
쏫나무를심으고 물주고붓도드든일도 아니합니다
고요한달그림자가 소리업시거러와서 엷은창에 소군거리는 소리도
듯기실습니다

감을고 머운 여름하늘에 소낙비가지나간뒤에 산모롱이의 적은숩에
서나는 서늘한맛도 달지안습니다
동무도업고 노르개도업습니다
나는 당신가신뒤에 이세상에서 엇기어려운 快樂이 잇습니다
그것은 다른것이아니라 잇다금 실컷우는것입니다

苦待

당신은 나로하야금 날마다날마다 당신을기다리게함니다

해가저무러 산그림자가 촌집을덥흘때에 나는 期約업는期待를가지고
마을숩밧게가서 기다리고잇슴니다

소를몰고오는 아해들의 풀입피리는 제소리에 목마침니다

먼나무로도러가는 새들은 저녁연긔에 헤염침니다

숩들은 바람과의遊戲를 그치고 잠々히섯슴니다 그것은 나에게同情
하는 表象임니다

시내를따러구비친 모래ㅅ길이 어둠의품에안겨서 잠들때에 나는 고요
하고아득한 하늘에 긴한숨의 사러진자최를 남기고 게으른거름으로 도
러옴니다

당신은 나로하여금 날마다날마다 당신을기다리게합니다

어둠의입이 黃昏의엷은빗을 삼킬때에 나는 시름업시 문밧게서々 당신을기다립니다

다시오는 별들은 고흔눈으로 반가은表情을 빗내면서 머리를조아 다투어 인사합니다

풀새이의 버레들은 이상한노래로 白晝의 모든生命의戰爭을 쉬게하는 平和의밤을 供養합니다

네모진적은못의 蓮닙위에 발자최소리들내는 시럽는바람이 나를嘲弄할때에 나는 아득한생각이 날카로은怨望으로 化합니다

당신은 나로하야금 날마다날마다 당신을기다리게합니다

一定한步調로거러가는 私情업는時間이 모든希望을 채칙질하야 밤과한께 모러갈때에 나는 쓸々한잠자리에 누어서 당신을기다림니다

가슴가온대의低氣壓은 人生의海岸에 暴風雨를지어서 三千世界는 流失되얏슴니다

벗음일코 견듸지못하는 가엽슨잔나비는 情의森林에서 저의숨에 窒息되얏슴니다

宇宙와人生의根本問題를 解決하는 大哲學은 눈물의三昧에 入定되얏슴니다

나의「기다림」은 나를찻다가 못찻고 저의自身까지 이러버렷슴니다

사랑의 끗판

네 네 가요 지금곳가요

에그 등ㅅ불을켜랴다가 초를 거꾸로꼬젓습니다 그려 저를 엇저나 저사람들이 숭보겟네

님이어 나는 이러케밧붐니다 님은 나를 게으르다고 꾸짓습니다 에그 저것좀보아「밧븐것이 게으른것이다」하시네

내가 님의꾸지람을듯기로 무엇이실켓슴닛가 다만 님의거문고줄이 緩急을이를까 접허합니다

님이어 하늘도업는바다를 거처서 느름나무그늘을 지어버리는것은 달빗이아니라 새는빗입니다

홰물탄 닭은 날개를움직입니다
마구에매인 말은 굽을칩니다
네 네 가요 이제곧가요

讀者에게

讀者여 나는 詩人으로 여러분의압헤 보이는것을 부끄러합니다

여러분이 나의詩를읽을때에 나를슯어하고 스스로슯어할줄을 암니다

나는 나의詩를 讀者의子孫에게까지 읽히고십흔 마음은 업슴니다

그때에는 나의詩를읽는것이 느진봄의꼿숩풀에 안저서 마른菊花를비벼서 코에대히는것과 가를는지 모르것슴니다

밤은얼마나되얏는지 모르것슴니다

雪嶽山의 무거운그림자는 엷어감니다

새벽종을 기다리면서 붓을던짐니다

(乙丑八月二十九日밤 맛)

大正十五年五月十五日 印刷
大正十五年五月二十日 發行

不許複製

（定價壹圓五拾錢）
（郵稅十六錢）

京城府安國洞四十番地
著作兼發行者 韓龍雲

京城府公平洞五十五番地
印刷者 權泰均

京城府公平洞五十五番地
印刷所 大東印刷株式會社

京城府南大門通一丁目一七番地
發行所 滙東書館

電話光化門一五五八番
振替口座京城七一二番

님의沈默(1926년 회동서관 초판본)

지은이: 한용운
펴낸이: 윤영수
펴낸곳: 한국학자료원

등록: 제12-1999-074호
주소: 서울시 서대문구 홍제3동 285-18
전화: 02-3159-8050
팩스: 02-3159-8051

ISBN: 979-11-91175-09-7
가격: **12,500원**